Analyse de l'œuvre

Par Cécile Perrel et Pauline Coullet

La Fortune des Rougon

d'Émile Zola

lePetitLittéraire.fr

Analyse de l'oeuvre
Oscar et la Dame rose

ÉMILE ZOLA 1

LA FORTUNE DES ROUGON 2

RÉSUMÉ 3

Chapitre I

Chapitre II

Chapitre III

Chapitre IV

Chapitre V

Chapitre VI

Chapitre VII

ÉTUDE DES PERSONNAGES 9

Adélaïde Fouque

Pierre Rougon

Félicité Rougon

Eugène Rougon

Pascal Rougon

Aristide Rougon

Antoine Macquart

Silvère Macquart

Miette

CLÉS DE LECTURE 16

Le naturalisme

Déterminisme et jeux de pouvoir

Un roman des origines

Un témoignage historique
Une histoire d'amour

PISTES DE RÉFLEXION 25

POUR ALLER PLUS LOIN 27

ÉMILE ZOLA

ÉCRIVAIN ET JOURNALISTE FRANÇAIS

- **Né en 1840 à Paris**
- **Décédé en 1902 dans la même ville**
- **Quelques-unes de ses œuvres :**
  - *Nana* (1880), roman
  - *Au Bonheur des dames* (1883), roman
  - *Germinal* (1885), roman

Émile Zola est considéré comme l'un des romanciers majeurs du XIXe siècle en France. Il est également le chef de file du naturalisme, un mouvement qui entend appliquer à la littérature les méthodes scientifiques expérimentales de l'époque : après observation du réel, Zola émet une hypothèse et la vérifie par expérimentation dans ses œuvres. Il illustre notamment cette esthétique dans le cycle romanesque des *Rougon-Macquart*, une fresque de vingt livres qui constitue son œuvre principale et qui connaitra un grand succès, malgré de nombreuses critiques.

Zola est également célèbre pour ses prises de position, souvent sources de condamnations. La plus notoire concerne l'affaire Dreyfus : son pamphlet *J'accuse... !* (1898) contribua grandement à l'issue heureuse du procès du capitaine Dreyfus (1859-1935).

LA FORTUNE DES ROUGON

UNE CRITIQUE DE LA CONQUÊTE DU POUVOIR PAR NAPOLÉON III

- **Genre :** roman réaliste
- **Édition de référence :** *La Fortune des Rougon*, Paris, Le Livre de Poche, 1985, 475 p.
- **1re édition :** 1871
- **Thématiques :** corruption, société, Napoléon III, pouvoir, histoire de France

Publié en 1871, *La Fortune des Rougon* est le premier volume de la fresque des *Rougon-Macquart*, qui en compte vingt.

L'action se déroule dans le Sud de la France, à Plassans, berceau de la famille Rougon-Macquart, pendant les journées insurrectionnelles menées par les républicains en réponse au coup d'État de Charles Louis-Napoléon Bonaparte, futur Napoléon III (1808-1873).

Cette œuvre retrace les origines géographiques, sociales et familiales des personnages qui animeront les romans suivants.

RÉSUMÉ

CHAPITRE I

L'un des lieux importants de Plassans est l'aire Saint-Mittre, ancien cimetière devenu une sorte de terrain vague. Silvère, un adolescent, et Miette, une jeune fille, s'y retrouvent et partent en promenade dans la nuit lorsque, soudain, une troupe d'hommes apparait. Ce sont des insurgés qui ont décidé de se révolter contre le coup d'État de Louis-Napoléon Bonaparte, qui menace la République. Les deux jeunes gens se joignent au cortège ; Miette porte symboliquement le drapeau rouge, en tête. Le groupe entre dans Plassans.

CHAPITRE II

Plassans est une sous-préfecture qui compte environ dix-mille habitants dans laquelle vit notamment Adélaïde Fouque.

Héritière terrienne, Adélaïde s'est mariée dans sa jeunesse avec Rougon, un garçon de ferme. Le couple a eu un enfant, Pierre. À la mort de son mari, Adélaïde a pris comme amant un braconnier, Macquart, avec lequel elle a deux enfants hors mariage, Antoine et Ursule.

Très vite, Pierre comprend sa supériorité du fait de la légitimité de sa naissance. Dès lors, il n'a de cesse d'essayer de se débarrasser de son frère et de sa sœur. Il échappe au service militaire, puisqu'il est le fils ainé d'une veuve, mais il y envoie Antoine. Quant à Ursule, il la marie à un certain

Mouret, et elle quitte la ville.

À la mort de Macquart, Adélaïde hérite d'une bicoque où elle s'installe. Pierre cherche alors à s'approprier l'argent de sa mère : il vend ses terres et empoche seul les bénéfices. Disposant d'une coquette somme, il se marie avec Félicité Puech, la fille d'un marchand d'huile, dont il a cinq enfants : Eugène, Pascal, Aristide, Sidonie et Marthe.

Ayant vieilli, le couple s'installe dans la rue qui sépare le quartier neuf de l'ancien et organise des soirées appelées les soirées du « salon jaune », du nom de la couleur du mobilier de Félicité.

CHAPITRE III

Le couple Rougon baigne dans les intrigues politiques sous les directives du marquis de Carnavant, un ancien noble de la région soupçonné d'être le véritable père de Félicité. Eugène, l'aîné des enfants, vit à Paris où il semble travailler à l'avènement de l'Empire. De son côté, Pierre Rougon, victime d'une ambition dévorante que son statut social ne lui a jamais permis d'assouvir, se rêve receveur des impôts de la ville. Eugène lui affirme que s'il suit ses recommandations, il finira par obtenir le poste. Régulièrement, le fils envoie à son père des lettres pour l'informer des évènements parisiens. La nouvelle du coup d'État de Louis-Napoléon Bonaparte du 2 décembre 1851 arrive à Plassans le lendemain des évènements. Aussitôt, plusieurs villages environnants s'insurgent et s'organisent pour se battre et défendre la République. Les Rougon, eux, sont partisans de l'Empire.

CHAPITRE IV

Ancien soldat de l'Empire, Antoine Macquart revient à Plassans suite à la chute de Napoléon Ier, et se transforme peu à peu en républicain convaincu. Il rencontre Joséphine Gavaudan, dite Fine, une rempailleuse avec laquelle il partage son penchant pour l'alcool. Ils se marient et ont trois enfants : Lisa, Gervaise et Jean. Antoine ne travaillant pas, la famille vit sur l'argent que ramènent Joséphine et les enfants. Il dépense leur salaire pour s'enivrer et fait vivre un enfer aux siens.

Sa sœur Ursule meurt. Elle a trois enfants : Hélène, François et Silvère. Mouret, son mari, ne supportant pas de vivre sans elle, se suicide. Les enfants sont alors confiés aux différents membres de la famille : François travaille pour son oncle Pierre Rougon et épouse la fille de celui-ci, Marthe ; Hélène part vivre à Paris ; Silvère, qui n'est alors qu'un enfant, est recueilli par sa grand-mère, Adélaïde. Les crises nerveuses de cette dernière le font grandir et murir prématurément.

En 1850, lorsque Fine meurt, Gervaise quitte Plassans pour Paris avec son amant, Lantier, et leurs deux fils, Étienne et Claude.

L'entrée des insurgés dans Plassans est ponctuée de quelques heurts. Silvère se trouve aux prises avec un gendarme et lui crève accidentellement un œil.

CHAPITRE V

Les insurgés marchent sur les routes de campagne avec

Miette comme porte-drapeau, mais la jeune fille est épuisée et s'éloigne quelque temps pour se reposer en compagnie de Silvère.

Miette mène une existence malheureuse : confiée aux bons soins de son grand-père lorsque son père a été condamné au bagne, elle est recueillie par son oncle et sa tante à la mort de son aïeul. Lorsque cette dernière disparait, son oncle commence à la traiter comme une servante. Un jour, elle rencontre Silvère et les deux enfants se lient d'amitié.

Après s'être reposés sur une pierre tombale de l'aire Saint-Mittre, Silvère et Miette rejoignent la troupe, reçue triomphalement dans certaines villes. Néanmoins, le groupe s'inquiète car des rumeurs affirment que les troupes bonapartistes sont dans la région. En effet, les soldats apparaissent soudain, et une fusillade éclate. Miette est mortellement touchée, tandis qu'un gendarme arrête Silvère.

CHAPITRE VI

Avec quelques habitués du salon jaune, Pierre Rougon met en place une bande armée pour contrer les insurgés républicains. Il reprend la gendarmerie aux insurgés qui dormaient et dont le chef était Antoine. Il va jusqu'à la mairie et arrête son propre frère. Les bonapartistes remportent la partie.

Pierre est alors porté en triomphe et il reçoit le privilège de prendre la tête du conseil municipal. Il réorganise la mairie et la garde malgré le mouvement d'incertitude qui touche la ville : le bruit court que les insurgés républicains vont revenir. On annonce en effet que le coup d'État a échoué et que

Louis-Napoléon Bonaparte a été fait prisonnier. Les Rougon se lamentent : jamais ils ne triompheront. Pourtant, une lettre d'Eugène informe Pierre de l'avènement de l'Empire, que Félicité découvre en cachette. Elle qui a mis en place le salon jaune et constitué leur réseau est outragé d'avoir été laissée de côté. Elle joue un mauvais tour à son mari pour se venger, puis élabore un plan. Elle va voir Antoine et lui propose de le libérer à condition qu'il reprenne la mairie avec les insurgés.

Sachant que son frère va attaquer, Pierre et ses comparses se cachent dans la mairie. Une violente bataille s'ensuit, gagnée par les bonapartistes. Pierre Rougon devient un véritable héros.

CHAPITRE VII

Eugène obtient pour son père la Légion d'honneur. Seule ombre au tableau : Silvère. À cause de l'incident avec le gendarme, Pierre redoute que l'affaire soit portée aux assises et de compromettre sa promotion. Les Rougon organisent un grand diner pour célébrer leur triomphe.

De leur côté, les prisonniers insurgés sont regroupés sur l'aire Saint-Mittre. Silvère est reconnu par le gendarme à qui il a crevé un œil. Il est exécuté. Le jeune homme s'écroule sur la pierre tombale où il avait l'habitude de retrouver Miette. Ayant assisté à la scène, Adélaïde devient folle et sera internée dans un asile. Aristide, qui est également présent, ne fait rien pour sauver son cousin. Quant à Pascal, sachant que le jeune homme était prisonnier, il avait cherché à faire intervenir Pierre Rougon, son père, lequel avait refusé. Le triomphe des Rougon est total, mais entaché de sang.

ÉTUDE DES PERSONNAGES

ADÉLAÏDE FOUQUE

Appelée tante Dide par sa famille, Adélaïde Fouque est le point de départ de l'histoire, puisqu'elle est la mère ou l'aïeule de tous les autres protagonistes.

Elle est née en 1798 à Plassans – où elle restera toute sa vie – dans une riche famille de maraichers. Rapidement, son attitude et son allure éloignent les gens d'elle : « Cette enfant [...] était une grande créature, mince, pâle, aux regards effarés, d'une singularité d'allures qu'on put prendre pour de la sauvagerie tant qu'elle resta petite fille. Mais en grandissant, elle devint plus bizarre encore [...]. » (p. 59)

Son père était atteint de folie, et on l'accusera rapidement elle aussi d'être psychologiquement instable. Son mariage avec un garçon de ferme alors qu'elle est une héritière aisée aggrave encore la mauvaise opinion que les gens ont d'elle. On se rend d'ailleurs rapidement compte que cette opinion est peut-être justifiée car, dès sa première grossesse, elle est victime de crises nerveuses « qui la jett[ent] dans des convulsions terribles. [...] Ces secousses ach[èvent] de la détraquer » (p. 63).

En outre, sa liaison avec le braconnier Macquart, entamée rapidement après la mort de son mari, la condamne aux yeux des villageois. Dès lors, elle n'est plus considérée avec respect.

Elle se laisse vivre dans un profond dénuement, et ses enfants grandissent librement. Son fils aîné cherche d'ailleurs à l'escroquer, tandis que ses deux autres enfants la quittent rapidement. Elle retrouve toutefois un peu de bonheur grâce à Silvère, son petit-fils, mais sombre définitivement dans la démence à la mort de celui-ci.

De santé mentale fragile, elle marque toute sa famille du sceau de la folie.

PIERRE ROUGON

Pierre Rougon est le fils d'Adélaïde Fouque et de Rougon. C'est lui le véritable personnage principal du roman. Il est le parfait équilibre entre le tempérament de sa mère et celui de son père : « Sa mère avait en lui dégrossi le père [...]. Il n'était toujours qu'un paysan, mais un paysan à la peau moins rude, au masque moins épais, à l'intelligence plus large et plus souple. » (p. 67)

Extrêmement ambitieux, il cherche par tous les moyens à parvenir à ses fins, même si, pour cela, il doit écraser sa famille : il vole sa mère et se débarrasse sans scrupules de son frère et de sa sœur, envoyant le premier à l'armée et mariant la seconde. Après son mariage, il semble néanmoins un peu moins sûr de lui : c'est sa femme qui prend le dessus. Cela ne l'empêche toutefois pas d'atteindre son but puisqu'à la fin du roman il obtient le poste tant convoité et est même décoré de la Légion d'honneur.

FÉLICITÉ ROUGON

Félicité Rougon est l'épouse de Pierre Rougon. Vive et déterminée, c'est elle la tête pensante du couple. Avec son physique méditerranéen, elle n'attire pas l'attention et peut mener ses affaires en toute discrétion : « Félicité était une petite femme noire comme on en voit en Provence. [...] Il y avait une ruse de chatte au fond de ses yeux noirs [...]. » (p. 76)

Ses parents sont de petits commerçants, mais elle est probablement la fille cachée d'un noble de la région qui fréquente d'ailleurs son salon.

Ambitieuse comme son mari, elle se désespère de ne pas connaitre la gloire et un mode de vie luxueux. Soupçonnant Pierre de ne pas être suffisamment volontaire, elle le pousse à agir, se tenant toujours dans l'ombre et lui laissant le beau rôle. C'est finalement grâce à elle que le couple finit par triompher.

EUGÈNE ROUGON

Eugène Rougon est le fils ainé de Pierre et de Félicité Rougon. Il ressemble physiquement à son père et psychologiquement à sa mère : « [S]i la ressemblance physique de Pierre était complète chez Eugène, Félicité semblait avoir contribué à fournir la matière pensante. » (p. 84) Il est obsédé par le pouvoir et veut par tous les moyens élever sa famille à un rang supérieur.

C'est le personnage le plus énigmatique du récit. On ne sait pratiquement rien de son parcours dans le roman. Il a suivi des études de droit à Paris, puis est retourné à Plassans, où il végète comme avocat un moment avant de retourner subitement à Paris. On ne saura jamais vraiment ce qu'il y fait. Lorsqu'il revient passer quelques jours à Plassans, on comprend qu'il travaille à l'avènement de l'Empire, mais on ne sait sous quelle position (cela constituera l'histoire du sixième roman de la fresque, *Son excellence Eugène Rougon*, publié en 1876).

Pendant ce séjour, il convertit son père à la cause bonapartiste et lui conseille d'utiliser le salon jaune pour préparer sa prise de pouvoir sur Plassans. Ces conseils sont, bien entendu, intéressés, car il espère enrichir ainsi sa famille et profiter de leur ascension sociale. Il retourne vite à Paris, et n'apparait plus dans le roman qu'à travers ses lettres, où il conseille son père et l'informe de la situation politique à Paris.

PASCAL ROUGON

Pascal Rougon est le second fils de Pierre et de Félicité Rougon. Il est « un de ces cas fréquents qui font mentir l'hérédité [...] rien au moral, ni au physique ne rappe[lle] les Rougon chez Pascal » (p. 89). Il fait d'excellentes études médicales et revient s'installer à Plassans où il s'occupe de soigner les pauvres, au grand désespoir de sa mère qui lui souhaitait une riche clientèle. Mais c'est un éminent médecin, un chercheur reconnu de ses pairs, ce que sa famille ignore totalement. Il ne cherche pas la gloire, mène une vie paisible, voulant notamment faire le bien autour de lui et se préoccupant surtout de science.

Zola se reflète dans ce personnage ; il prête à Pascal ses

propres opinions. Il est le personnage principal du *Docteur Pascal* (1893), le dernier roman des *Rougon-Macquart*.

ARISTIDE ROUGON

Aristide Rougon est le plus jeune fils de Pierre et de Félicité Rougon. C'est aussi le préféré de sa mère. On dit de lui qu'il a « le visage de sa mère, et des avidités, un caractère sournois, apte aux intrigues vulgaires où les instincts de son père domin[ent] » (p. 85). Autant Eugène, son frère aîné, aime le pouvoir, autant lui aime l'argent. Il se marie à Angèle Sicardot, avec qui il forme un tandem paresseux et dépensier ne travaillant pas et vivant dans une sorte de langueur perpétuelle. Cela désespère sa mère qui cherche à le pousser, lui aussi, vers la gloire et les coups d'éclat. Après maintes tergiversations, il se rend favorable au coup d'État de Louis-Napoléon Bonaparte, par opportunisme comme les autres, mais sans avoir œuvré pour.

On le retrouve dans *La Curée* (1871), deuxième roman de la série, ainsi que dans le dix-huitième, *L'Argent* (1891).

ANTOINE MACQUART

Antoine Macquart est le fils d'Adélaïde Fouque et de son amant le braconnier Macquart. C'est donc le demi-frère de Pierre Rougon. Il voue une haine féroce à sa famille, plus particulièrement à Pierre, qu'il accuse de s'être enrichi à ses dépens. Ancien soldat du Premier Empire (1804-1814), il est revenu s'installer à Plassans à la chute de Napoléon Ier, puis est devenu républicain.

Paresseux, il cherche à gagner sa vie en se fatiguant le moins possible ; il s'installe comme vannier. Lorsqu'il rencontre Joséphine Gavaudan, il arrête de travailler, vivant grâce aux revenus de sa femme, avec qui il a trois enfants : Lisa (héroïne du *Ventre de Paris*, 1873), Gervaise (personnage de *L'Assommoir*, 1877) et Jean (héros de *La Terre*, 1887, et de *La Débâcle*, 1892), qui travaillent eux aussi.

Antoine dépense tout l'argent gagné par les siens dans l'alcool. Joséphine et sa fille Gervaise s'enivrent aussi fréquemment, ce qui augure la trame de *L'Assommoir*. À la mort de sa femme, Antoine se retrouve seul. Il cherche alors le soutien de sa famille et en trouve quelque peu auprès de Silvère, notamment en ce qui concerne la politique puisque tous deux sont de fervents républicains.

SILVÈRE MACQUART

Silvère Macquart, un jeune homme de 17 ans, est le fils d'Ursule Macquart et le petit-fils d'Adélaïde. « Ce devait être une nature intelligente noyée au fond de la pesanteur de sa race et de sa classe, un de ces esprits tendres et exquis logés en pleine chaire, et qui souffrent de ne pouvoir sortir rayonnants de leur épaisse enveloppe », dit-on de lui (p. 25).

Silvère est l'idéaliste du roman, le jeune homme naïf et rêveur, mais profondément bon. Son amour pour Miette est ce qu'il a de plus important, mais il n'hésite pas à s'engager auprès des républicains pour sauver ce qu'il croit être le droit et la justice, bafoués par le coup d'État. Il s'engage ainsi auprès des insurgés, mais il est terrifié lorsqu'il blesse accidentellement un gendarme.

Lorsque Miette meurt dans ses bras, il se laisse emmener par un soldat sans opposer de résistance : « Silvère se laissa traîner, sans une parole, avec une obéissance d'enfant. Il se retourna, il regarda Miette. Il était désespéré de la laisser toute seule sous les arbres. » (p. 263) Tout à coup, ses idéaux s'envolent, il ne songe plus ni à se défendre ni à continuer la lutte. Miette est morte, et le monde s'arrête pour lui. Découragé, il se laisse faire prisonnier et ramener à Plassans, où le gendarme qu'il a blessé le retrouve. Celui-ci le tue sur la tombe de Miette et sous les yeux de tante Dide : Silvère est, en ce sens, une figure de martyr.

MIETTE

Miette est une jeune fille de 13 ans, orpheline de mère, qui a été confiée à son grand-père quand son père a été condamné au bagne. Elle se retrouve finalement chez son oncle, propriétaire du domaine du Jas-Meiffren. C'est une jeune paysanne robuste, pleine de santé et de vie, « une nature ardente que l'enthousiasme exalt[e] aisément » (p. 49).

Son amour pour Silvère est la seule chose qui lui importe. Elle n'hésite d'ailleurs pas, au péril de sa vie, à le suivre lorsqu'il rejoint les insurgés. Cela lui sera fatal.

CLÉS DE LECTURE

LE NATURALISME

« Je veux expliquer comment une famille, un petit groupe d'êtres, se comporte dans une société, en s'épanouissant pour donner naissance à dix, à vingt individus qui paraissent, au premier coup d'œil, profondément dissemblables, mais que l'analyse montre intimement liés les uns aux autres. L'hérédité a ses lois, comme la pesanteur », explique Émile Zola dans la préface de *La Fortune des Rougon*.

Homme cultivé et intéressé par les découvertes de son siècle, Zola s'est très tôt penché sur les sciences, notamment sur la médecine expérimentale du Dr Claude Bernard (physiologiste français, 1813-1878). Il décide alors d'appliquer la méthode expérimentale à la littérature. Selon lui, « le romancier est fait d'un observateur et d'un expérimentateur » (*Le roman expérimental*, 1880). Ainsi, partant d'un double postulat – l'homme est conditionné par son milieu et par l'hérédité –, Zola place ses personnages dans un milieu précis, puis les étudie à la manière d'un médecin, décrivant les faits qui doivent nécessairement se produire au vu des postulats de base.

Dans *La Fortune des Rougon*, Zola présente tout d'abord comme facteur déterminant la faiblesse psychologique d'Adélaïde Fouque : cette caractéristique conditionne toute sa descendance. Ainsi, ses enfants et ses petits-enfants connaitront, chacun à leur manière, des moments de folie, des crises nerveuses ou subiront les conséquences d'un équilibre mental fragile : l'ivrognerie, le vol, la paresse, l'oisiveté, etc. Ils sont tous conditionnés par ce qui caractérisait leur aïeule à cause de l'hérédité. Pour chaque personnage, l'auteur note d'ailleurs scrupuleusement les détails qui déterminent l'hérédité. Par exemple, pour Pierre Rougon, il explique : « Jamais enfant ne fut à pareil point la moyenne équilibrée des deux créatures qui l'avaient engendré. Il était le juste milieu entre le paysan Rougon et la fille nerveuse Adélaïde. » (p. 67)

Zola fait du milieu social dans lequel évoluent les personnages le second facteur décisif. Par exemple, Pierre, qui est parvenu à s'approprier l'argent de sa mère, fait un bon mariage et accède à une position sociale élevée. Il parvient ainsi à la fin du roman à l'objectif qu'il s'était fixé : il prend la tête du conseil municipal. Quant à Antoine, qui évolue dans un milieu populaire, il ne travaille pas, s'enivre grâce à l'argent des siens et finit seul.

DÉTERMINISME ET JEUX DE POUVOIR

À partir du personnage d'Adélaïde, Zola déploie tout un arbre généalogique composé de deux branches : les Rougon et les Macquart. Chaque branche possède ses spécificités : chez les Rougon, on note un appétit féroce pour l'argent et le pouvoir ; chez les Macquart une tendance à la violence et à l'alcoolisme.

> « Les Rougon-Macquart, le groupe, la famille que je me propose d'étudier, a pour caractéristique le débordement des appétits [...] Physiologiquement, ils sont la lente succession des accidents nerveux et sanguins qui se déclarent dans une

> race, à la suite d'une première lésion organique, et qui déterminent, selon les milieux, chez chacun des individus de cette race, les sentiments, les désirs, les passions [...] ils racontent ainsi le Second Empire, à l'aide de leurs drames individuels, du guet-apens du coup d'État. » (p. 6)

La Fortune des Rougon, tout en étudiant l'effet d'une lourde hérédité sur les membres d'une même famille, révéle donc aussi le triomphe des réactionnaires sur les révolutionnaires, des bourgeois sur les ouvriers. L'histoire des personnages reflète la grande Histoire. Les vainqueurs sont, dans la famille comme dans l'Histoire, les profiteurs du coup d'État : ceux qui ont tiré un bénéfice réel du changement de régime en participant à sa mise en place. Parmi eux, on retrouve Félicité et Pierre Rougon.

Ce dernier n'est pas né de l'union scandaleuse d'Adélaïde et du « gueux » Macquart, mais du premier mariage d'Adélaïde avec le garçon de ferme Rougon. Dans la logique héréditaire, Zola le décrit ainsi :

> « Il n'était toujours qu'un paysan, mais un paysan à la peau moins rude, au masque moins épais, à l'intelligence plus large et plus souple [...] Dans sa personne [...] on lisait déjà l'ambition sournoise et rusée, le besoin insatiable d'assouvissement, le cœur sec et l'envie haineuse d'un fils de paysan, dont la fortune et les nervosités de sa mère ont fait un bourgeois. » (p. 101)

Dès l'enfance, à cause de ses gènes, Pierre est un être sournois, ambitieux et calculateur. Il a soif de pouvoir et veut se lancer dans la propagande bonapartiste. Opportuniste, il profite de l'absence des décisionnaires pour prendre possession de la mairie : il joue, à l'échelle de Plassans, le même scénario que Louis Napoléon à l'échelle de la France. Finalement, il fête le triomphe du bonapartisme en montrant à tout le monde son nouvel état d'homme parvenu.

On retrouve la même dualité des gènes chez la femme de Pierre, Félicité. C'est la fille d'un marchand d'huile, mais la rumeur veut qu'elle soit en fait la fille naturelle du marquis de Carnavant : « La vérité était que Félicité avait des pieds et des mains de marquise, et qui semblaient ne pas devoir appartenir à la race de travailleurs dont elle descendait. » (p. 119) Félicité, à cause de ses gènes nobles, est motivée par l'ambition et par l'envie, tout comme son mari. La promotion sociale de sa famille est son obsession ; c'est d'ailleurs pour cela qu'elle créera le salon jaune, où se réunissent les bonapartistes. Elle est la tête pensante de la famille et écrase son mari.

À l'inverse, Antoine Maquart, le fils d'Adélaïde et d'un braconnier, tient de son père. Il est solide et brutal, et se laisse aller dans les dérives de l'alcoolisme dès ses 16 ans. L'hérédité nerveuse de sa mère a créé chez lui une sournoiserie et une constante lâcheté. Il vit à la limite de la mendicité et fait honte aux Rougon. C'est un « faux républicain » : il trahit les insurgés lorsqu'il comprend qu'ils ne gagneront pas, et les conduit sans scrupules vers la mort.

UN ROMAN DES ORIGINES

Les origines familiales

« Cette œuvre, qui formera plusieurs épisodes, est donc

dans ma pensée, l'Histoire naturelle et sociale d'une famille sous le Second Empire, et le premier épisode : *La Fortune des Rougon*, doit s'appeler de son titre scientifique : Les Origines » (p. 6), explique Zola dans la préface du premier tome de sa fesque. Son roman doit donc être lu comme la première partie d'un tout, d'un ensemble cohérent.

Lorsqu'il écrit ce roman, il a déjà en tête les dix-neuf autres qui suivront. Tous les personnages sont déjà dans son esprit. Il présente donc les premières générations dans ce premier opus, en commençant par Adélaïde Fouque, l'ancêtre à l'origine de la famille Rougon-Macquart.

La terre comme origine

On peut considérer que *La Fortune des Rougon* est aussi le roman des origines dans le sens où l'on y retrouve un motif symbolique, celui de la terre, la terre d'où tout nait et où tout retourne un jour.

Tout d'abord, précisons que la famille Fouque est une famille de propriétaires terriens. La branche Rougon de la famille tente d'ailleurs de renier cet héritage puisque Pierre essaie par tous les moyens de se débarrasser des propriétés de sa mère, comme pour rompre avec un héritage qui lui fait honte.

Ensuite, la terre comme matière organique est un motif très présent, notamment avec les évocations de l'aire Saint-Mittre, lieu où s'ouvre le roman. Cet endroit de la ville est un lieu hautement symbolique puisqu'il s'agit d'un ancien cimetière. Même si les ossements et les tombes ont été transportés ailleurs et qu'on peut penser que le lieu a été lavé de ses ombres funestes, la pierre tombale oubliée sur laquelle s'asseyent Miette et Silvère et le corps qui y repose rappellent que c'est un lieu où règne la mort. Cette tombe terrifie d'ailleurs Miette puisqu'on peut y lire cette inscription gravée : « Cy-gist Marie... morte... » (p. 24), Marie étant le véritable prénom de Miette. Cette inscription est reprise par Zola comme un leitmotiv puisqu'elle apparait à deux autres reprises dans le roman (p. 254 et 375). Fait symbolique aussi : l'amour de Silvère et Miette, un amour jeune, naïf et pur, nait sur cette terre souillée par la mort et disparait au même endroit. Que le roman s'ouvre sur un tel lieu n'est d'ailleurs pas sans annoncer la fin et la mort des deux jeunes gens.

UN TÉMOIGNAGE HISTORIQUE

Zola livre également à ses lecteurs, à travers *La Fortune des Rougon*, un document historique sur la fin du XIXe siècle.

Le roman décrit les journées insurrectionnelles du mois de décembre 1851, au moment du coup d'État du prince président Louis-Napoléon Bonaparte, coup d'État qui se conclura par l'avènement de l'Empire et la fin de la République. Zola situe donc son histoire dans un cadre historique réel. Nous assistons ainsi à la vie quotidienne d'une petite ville de province soudainement bouleversée par des évènements politiques aussi inattendus que tragiques.

L'ambiance provinciale est également admirablement décrite avec, notamment, la représentation de la lutte des castes par l'affrontement entre les différents quartiers, séparés par une promenade où chacun se côtoie sans jamais s'adresser la parole.

On retrouve également dans le roman un fait de société extrêmement important : les salons. Depuis longtemps, des hommes et des femmes d'élite se sont réunis en groupes de penseurs pour discuter art ou politique dans ce qu'il a été courant de nommer des « salons ». Cette habitude était très présente au XIXe siècle, et Plassans n'échappe pas à la règle avec le salon jaune de Félicité où se réunissent chaque semaine des habitués. D'abord pour se plaindre du régime qui ne les favorise pas, puis pour mener à bien des complots. C'est finalement de ce salon jaune que viendra le salut de Plassans et le retour au calme, du point de vue des habitants de la cité.

UNE HISTOIRE D'AMOUR

La Fortune des Rougon illustre le déterminisme génétique et social d'une famille, certes, mais il serait réducteur de résumer toutes les relations dans le récit à cette logique : comment, sinon, Zola pourrait-il parler d'amour ? Ce roman illustre son habilité à ouvrir les champs du possible du naturalisme. L'histoire de Silvère et Miette fait le lien entre le naturalisme de l'auteur et les traditions romantiques de l'époque.

Les deux personnages, comme le reste, sont subordonnés à l'intrigue politique. Ils reflètent les évènements historiques ; le roman s'ouvre d'ailleurs sur les deux adolescents qui rejoignent la troupe des insurgés. Cet amour marque le début de l'engagement politique de Silvère :

> « Miette, dans son esprit, devenait nécessaire à l'abolissement du paupérisme et au triomphe définitif de la révolution [...] [il bâtissait] des projets de société nouvelle, absurdes de générosité, où la femme, toujours sous les traits de Miette, était adorée par les nations à genoux. » (p. 400)

L'amour, pour lui, est le support d'une prise de conscience politique. Lorsque Miette porte le drapeau des insurgés, il la confond d'ailleurs « avec son autre maitresse adorée, la République » (p. 75).

Mais on peut également voir, dans l'amour de Silvère et Miette, un sens beaucoup plus large. Le récit s'organise en effet selon un système d'opposition : les aspirations républicaines et idéalistes de Silvère, d'une part, et la cupidité des autres membres de la famille d'autre part. Face aux manœuvres sordides des Rougon pour parvenir au pouvoir, le couple de Silvère et Miette est une échappée vers la pureté et l'innocence. Miette n'avait que 11 ans et Silvère 15 lorsqu'ils se sont rencontrés. Malgré leur jeune âge, ils tombent sincèrement amoureux. Leur relation est touchante et offre une bouffée d'oxygène dans le récit. Elle n'est pas la conséquence d'un déterminisme héréditaire et social : ils sont en dehors de la dynamique des Rougon et des Macquart.

On assiste, à travers leur union, à l'éveil à l'amour et à la sexualité de deux enfants. En effet, leur relation s'apparente, au départ, plutôt à de la camaraderie : « Miette et Silvère gardaient leur insouciance d'enfant. L'allée s'allongeait, éclairée de raies blanches, toute gaie, sans inconnu. Et les deux camarades se poursuivaient, riaient comme des gamins en récréation. » (p. 418) Mais ils découvrent bientôt le désir. Le « bien-être douloureux » que cela leur procure coïncide avec l'instinct de mort : Miette, par exemple, ne sait pas pourquoi elle pense à des choses tristes lorsque son amoureux l'embrasse. Au milieu du roman, elle lui dit qu'il « vaudrait mieux mourir » : « À ce désir de mort, ils eurent une étreinte plus étroite. Miette comptait bien mourir avec Silvère. » (p. 363) Elle sera tuée trois jours plus tard.

La mort est l'aboutissement fatal de la relation amoureuse et, pour Silvère, de l'engagement politique. Une fin funeste pour les deux amants prévue depuis la première page du roman.

PISTES DE RÉFLEXION

QUELQUES QUESTIONS POUR APPROFONDIR SA RÉFLEXION…

- Qu'est-ce qui rattache ce roman au courant naturaliste ?
- Le couple que forment Silvère et Miette tient-il du naturalisme ? Comparez avec le couple que forment Thérèse et Laurent dans *Thérèse Raquin* (1867).
- En quoi ce roman établit-il la fresque des *Rougon-Macquart* ?
- Selon vous, la science et la littérature peuvent-elles cohabiter ?
- Quelle image de la famille Zola présente-t-il dans son roman ?
- Quels autres personnages sont déterminés dans leurs actions par leur hérédité ? Développez votre réponse en reprenant des exemples tirés du livre.
- Les naturalistes ont vécu à la même époque que les peintres impressionnistes dont ils étaient très proches. Quels sont leurs points communs ?
- De quel(s) autres(s) personnage(s) littéraire(s) peut-on rapprocher Adélaïde ?
- Selon vous, *La Fortune des Rougon* est-elle une œuvre d'historien ?
- Expliquez en quoi le motif de la terre est important dans ce roman en particulier.

Votre avis nous intéresse !
Laissez un commentaire sur le site de votre librairie en ligne
et partagez vos coups de cœur sur les réseaux sociaux !

POUR ALLER PLUS LOIN

ÉDITION DE RÉFÉRENCE

- Zola É., *La Fortune des Rougon*, Paris, Le Livre de Poche, 1985

ÉTUDES DE RÉFÉRENCE

- *Analyses et réflexions sur Zola, « La Fortune des Rougon » : figures du pouvoir*, Paris, Editions Ellipses, 1994.
- Belgrand A., « Le couple Silvère – Miette dans *La Fortune des Rougon* », in *Revue Romantisme*, vol. 18, n° 62, p. 51-59, 1988.

SUR LEPETITLITTÉRAIRE.FR

- Commentaire portant sur le chapitre XIV d'*Au Bonheur des dames* d'Émile Zola.
- Commentaire portant sur l'incipit de *Germinal* d'Émile Zola.
- Commentaire portant sur le chapitre V de la cinquième partie de *Germinal*.
- Commentaire portant sur l'incipit de *Nana* d'Émile Zola.
- Commentaire portant sur le chapitre VI de *Nana*.
- Commentaire portant sur la scène du bal dans *La Curée* d'Émile Zola.
- Fiche de lecture sur *Au Bonheur des dames*.
- Fiche de lecture sur *Germinal*.
- Fiche de lecture sur *Nana*.
- Fiche de lecture sur *Thérèse Raquin*.

- Fiche de lecture sur *La Curée.*
- Fiche de lecture sur *L'Assommoir* d'Émile Zola.
- Fiche de lecture sur *Madame Sourdis et autres nouvelles* d'Émile Zola.
- Fiche de lecture sur *Jacques Damour* d'Émile Zola.
- Fiche de lecture sur *La Mort d'Olivier Bécaille et autres nouvelles* d'Émile Zola.
- Fiche de lecture sur *La Bête humaine* d'Émile Zola.
- Fiche de lecture sur *La Terre* d'Émile Zola.
- Fiche de lecture sur *Pot-Bouille* d'Émile Zola.
- Fiche de lecture sur *L'Argent* d'Émile Zola.
- Fiche de lecture sur *Le Ventre de Paris* d'Émile Zola.
- Fiche de lecture sur *L'Œuvre* d'Émile Zola.
- Questionnaire de lecture sur *Germinal.*
- Questionnaire de lecture sur *Nana.*

Retrouvez notre offre complète sur lePetitLittéraire.fr

- des fiches de lectures
- des commentaires littéraires
- des questionnaires de lecture
- des résumés

Anouilh
- Antigone

Austen
- Orgueil et Préjugés

Balzac
- Eugénie Grandet
- Le Père Goriot
- Illusions perdues

Barjavel
- La Nuit des temps

Beaumarchais
- Le Mariage de Figaro

Beckett
- En attendant Godot

Breton
- Nadja

Camus
- La Peste
- Les Justes
- L'Étranger

Carrère
- Limonov

Céline
- Voyage au bout de la nuit

Cervantès
- Don Quichotte de la Manche

Chateaubriand
- Mémoires d'outre-tombe

Choderlos de Laclos
- Les Liaisons dangereuses

Chrétien de Troyes
- Yvain ou le Chevalier au lion

Christie
- Dix Petits Nègres

Claudel
- La Petite Fille de Monsieur Linh
- Le Rapport de Brodeck

Coelho
- L'Alchimiste

Conan Doyle
- Le Chien des Baskerville

Dai Sijie
- Balzac et la Petite Tailleuse chinoise

De Gaulle
- Mémoires de guerre III. Le Salut. 1944-1946

De Vigan
- No et moi

Dicker
- La Vérité sur l'affaire Harry Quebert

Diderot
- Supplément au Voyage de Bougainville

Dumas
- Les Trois Mousquetaires

Énard
- Parlez-leur de batailles, de rois et d'éléphants

Ferrari
- Le Sermon sur la chute de Rome

Flaubert
- Madame Bovary

Frank
- Journal d'Anne Frank

Fred Vargas
- Pars vite et reviens tard

Gary
- La Vie devant soi

Gaudé
- La Mort du roi Tsongor
- Le Soleil des Scorta

Gautier
- La Morte amoureuse
- Le Capitaine Fracasse

Gavalda
- 35 kilos d'espoir

Gide
- Les Faux-Monnayeurs

Giono
- Le Grand Troupeau
- Le Hussard sur le toit

Giraudoux
- La guerre de Troie n'aura pas lieu

Golding
- Sa Majesté des Mouches

Grimbert
- Un secret

Hemingway
- Le Vieil Homme et la Mer

Hessel
- Indignez-vous !

Homère
- L'Odyssée

Hugo
- Le Dernier Jour d'un condamné
- Les Misérables
- Notre-Dame de Paris

Huxley
- Le Meilleur des mondes

Ionesco
- Rhinocéros
- La Cantatrice chauve

Jary
- Ubu roi

Jenni
- L'Art français de la guerre

Joffo
- Un sac de billes

Kafka
- La Métamorphose

Kerouac
- Sur la route

Kessel
- Le Lion

Larsson
- Millenium I. Les hommes qui n'aimaient pas les femmes

Le Clézio
- Mondo

Levi
- Si c'est un homme

Levy
- Et si c'était vrai...

Maalouf
- Léon l'Africain

Malraux
- La Condition humaine

Marivaux
- La Double Inconstance
- Le Jeu de l'amour et du hasard

Martinez
- Du domaine des murmures

Maupassant
- Boule de suif
- Le Horla
- Une vie

Mauriac
- Le Nœud de vipères

Mauriac
- Le Sagouin

Mérimée
- Tamango
- Colomba

Merle
- La mort est mon métier

Molière
- Le Misanthrope
- L'Avare
- Le Bourgeois gentilhomme

Montaigne
- Essais

Morpurgo
- Le Roi Arthur

Musset
- Lorenzaccio

Musso
- Que serais-je sans toi ?

Nothomb
- Stupeur et Tremblements

Orwell
- La Ferme des animaux
- 1984

Pagnol
- La Gloire de mon père

Pancol
- Les Yeux jaunes des crocodiles

Pascal
- Pensées

Pennac
- Au bonheur des ogres

Poe
- La Chute de la maison Usher

Proust
- Du côté de chez Swann

Queneau
- Zazie dans le métro

Quignard
- Tous les matins du monde

Rabelais
- Gargantua

Racine
- Andromaque
- Britannicus
- Phèdre

Rousseau
- Confessions

Rostand
- Cyrano de Bergerac

Rowling
- Harry Potter à l'école des sorciers

Saint-Exupéry
- Le Petit Prince
- Vol de nuit

Sartre
- Huis clos
- La Nausée
- Les Mouches

Schlink
- Le Liseur

SCHMITT
- La Part de l'autre
- Oscar et la Dame rose

SEPULVEDA
- Le Vieux qui lisait des romans d'amour

SHAKESPEARE
- Roméo et Juliette

SIMENON
- Le Chien jaune

STEEMAN
- L'Assassin habite au 21

STEINBECK
- Des souris et des hommes

STENDHAL
- Le Rouge et le Noir

STEVENSON
- L'Île au trésor

SÜSKIND
- Le Parfum

TOLSTOÏ
- Anna Karénine

TOURNIER
- Vendredi ou la Vie sauvage

TOUSSAINT
- Fuir

UHLMAN
- L'Ami retrouvé

VERNE
- Le Tour du monde en 80 jours
- Vingt mille lieues sous les mers
- Voyage au centre de la terre

VIAN
- L'Écume des jours

VOLTAIRE
- Candide

WELLS
- La Guerre des mondes

YOURCENAR
- Mémoires d'Hadrien

ZOLA
- Au bonheur des dames
- L'Assommoir
- Germinal

ZWEIG
- Le Joueur d'échecs

www.lepetitlitteraire.fr

ISBN version numérique : 978-2-8062-9155-4
ISBN version papier : 978-2-8062-9156-1
Dépôt légal : D/2016/12603/890

Avec la collaboration de Pauline Coullet pour les chapitres suivants : « Déterminisme et jeux de pouvoir » et « Une histoire d'amour ».

Conception numérique : Primento,
le partenaire numérique des éditeurs.

FÉDÉRATION
WALLONIE-BRUXELLES

Ce titre a été réalisé avec le soutien de la Fédération Wallonie-Bruxelles, Service général des Lettres et du Livre.